Puedes consultar nuestro catálogo en www.picarona.net

¡SOY FELIZ!
Texto: *Angèle Delaunois*
Ilustraciones: *Philippe Béha*

1.ª edición: enero de 2018

Título original: *Je suis heureux!*

Traducción: *Pilar Guerrero*
Maquetación: *Isabel Estrada*
Corrección: *Sara Moreno*

© 2016, Angèle Delaunois, Philippe Béha y las Éditions de l'Isatis
(Reservados todos los derechos)

© 2018, Ediciones Obelisco, S. L.
www.edicionesobelisco.com
(Reservados los derechos para la lengua española)

Edita: Picarona, sello infantil de Ediciones Obelisco, S. L.
Collita, 23-25. Pol. Ind. Molí de la Bastida
08191 Rubí - Barcelona - España
Tel. 93 309 85 25 - Fax 93 309 85 23
E-mail: picarona@picarona.net

ISBN: 978-84-9145-135-8
Depósito Legal: B-28.296-2017

Printed in Spain

Impreso en España por ANMAN, Gràfiques del Vallès, S. L.
C/ Llobateres, 16-18, Tallers 7 - Nau 10, Polígon Industrial Santiga
08210 - Barberà del Vallès (Barcelona)

¡Soy feliz!

Angèle Delaunois

Philippe Béha

Felicidad es una palabra mágica
que no quiere decir lo mismo
para todo el mundo.

Para algunos, es tener
muchas cosas...

Para otros, es hacer
muchas cosas...

Pero para mí...

SOY FELIZ
cuando camino descalzo por la tierra,
por la hierba o por la arena
y mis pasos se convierten
en un baile de alegría.

SOY FELIZ

cuando mis manos tocan
las teclas de un piano,
las cuerdas de una guitarra
o la piel de un tambor
y cuando mi música
se oye por toda la casa.

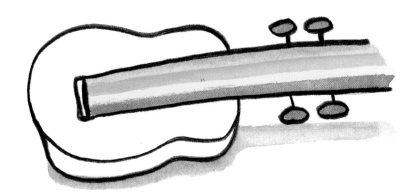

SOY FELIZ

en el jardín de mi abuela,
donde puedo recoger fresas
y comerme todas las que quiera
hasta que la lengua se me pone roja.

SOY FELIZ
con una gran hoja de papel en blanco
en la que puedo pintar y colorear
con todos los colores de mi imaginación.

SOY FELIZ

cuando juego a la pelota con mis amigos
y corro bajo el sol hasta perder el aliento
y caerme de cansancio.

SOY FELIZ
por las noches, cuando mamá o papá
vienen a leerme un cuento
y, acurrucado entre ellos,
me duermo tranquilito
protegido con su amor.

SOY FELIZ

los días de lluvia
cuando salto y chapoteo
con mis botas de agua rojas
en todos los charcos que encuentro.

SOY FELIZ

cuando leo mis libros preferidos
imaginando personajes en mi cabeza
y viviendo con todos ellos
aventuras maravillosas.

SOY FELIZ
cuando el invierno se queda fuera
y miro cómo la nieve
cae en forma de copos
mientras estoy calentito en casa.

La felicidad son todas esas cositas
que hacen mi vida más chula,
son las cosas simples que me hacen sonreír
y cantan para mí la canción más bonita,
que es la canción de la vida.

¡Y a ti? ¡Qué es lo que te hace feliz?

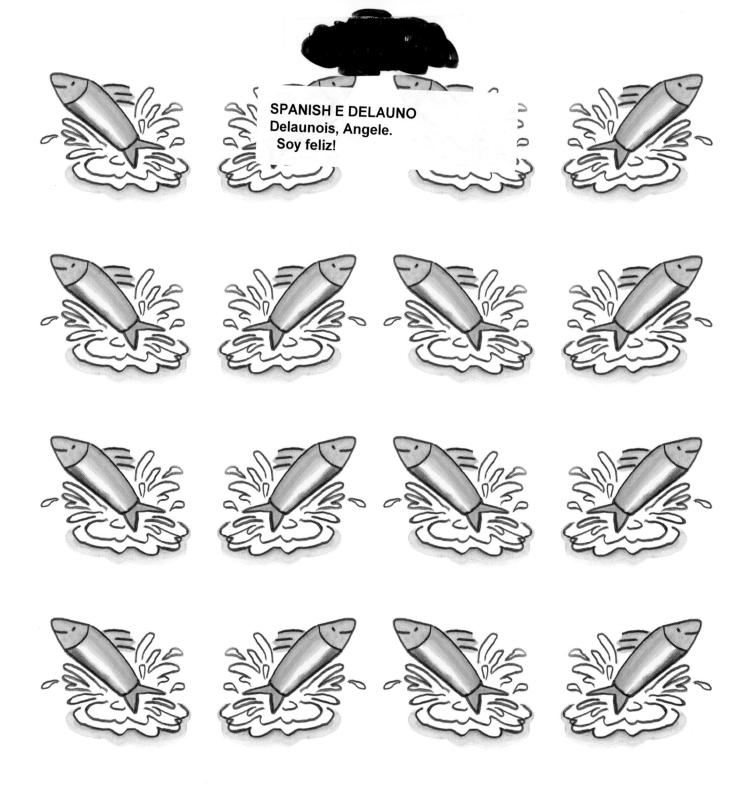